櫻 花 船

文・圖／**菊地知己**　　譯／**米雅**

在一座小小的山上，
小瓢蟲動了動身子，看起來似乎有點冷。

春天來嘍！
櫻花翩翩起舞，飄啊飄。
春天來嘍！
櫻花風輕輕的吹飛了小瓢蟲。

櫻花在河裡搖啊搖、搖啊搖，
開心的小瓢蟲直接乘坐到花瓣上。
這是櫻花船！ 櫻花船！

小瓢蟲出發了，
要去通知大家春天來嘍！

春天來嘍！
接骨木林，像啦啦隊一樣，
用力揮舞著花絨球。
櫻花船，祝你一路平安！

春天來嘍！
好朋友蜜蜂
開心的搖搖屁股。
我也要！我也要搭櫻花船！

成群的豬牙花
任由花瓣隨風搖擺，送出祝福。
好好享受櫻花之旅唷！

春天來嘍！
小鳥兒吱吱喳喳的唱歌。
到了到了，櫻花到！
到了到了，櫻花到！

春天來嘍！
好朋友蝴蝶，開心的抬抬腳。
櫻花出發！ 櫻花出發！

通條樹輕快的吹奏成串的花，
目送他們上路。
祝福你們有豐盛的旅途！

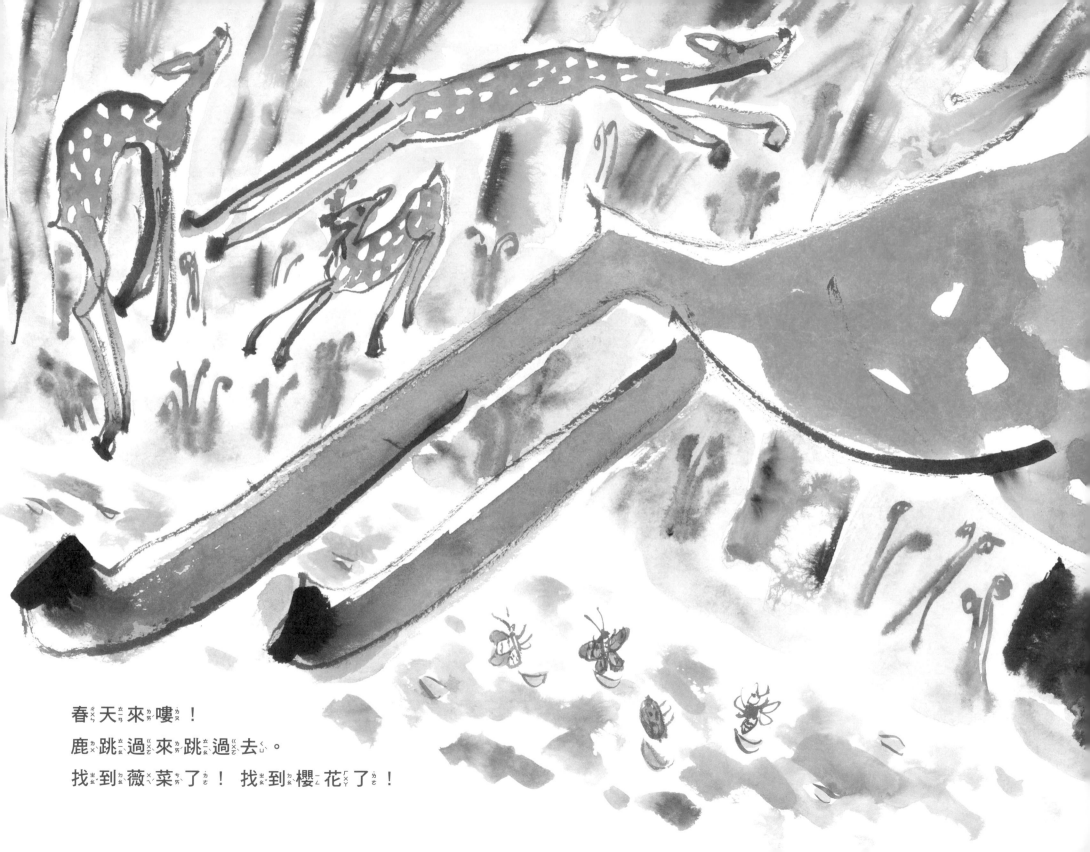

春天來嘍！
鹿跳過來跳過去。
找到薇菜了！ 找到櫻花了！

春天來嘍！
蝴蝶和蜜蜂順路吸個蜜。
讓我們吸一下，一下下就好……

鵝掌草呵呵笑，
搖著花給他們送行。
祝福你們一路順風！

河流突然嬉鬧起來。

轉呀轉呀轉──

糟ㄗㄠ了ㄌㄜ！ 要ㄧㄠ掉ㄉㄧㄠ下ㄒㄧㄚ去ㄑㄩ了ㄌㄜ ——

無ㄨ精ㄐㄧㄥ打ㄉㄚ采ㄘㄞ的小ㄒㄧㄠ瓢ㄆㄧㄠ蟲ㄔㄨㄥ、
蝴ㄏㄨ蝶ㄉㄧㄝ和ㄏㄜ蜜ㄇㄧ蜂ㄈㄥ，被ㄅㄟ河ㄏㄜ水ㄕㄨㄟ帶ㄉㄞ著ㄓㄜ往ㄨㄤ前ㄑㄧㄢ走ㄗㄡ，
冒ㄇㄠ出ㄔㄨ來ㄌㄞ的筆ㄅㄧ頭ㄊㄡ草ㄘㄠ，
默ㄇㄛ默ㄇㄛ的守ㄕㄡ在ㄗㄞ一ㄧ旁ㄆㄤ，什ㄕㄣ麼ㄇㄜ話ㄏㄨㄚ都ㄉㄡ沒ㄇㄟ說ㄕㄨㄛ。

母ㄇㄨˇ鴨ㄧㄚ和ㄏㄜˊ小ㄒㄧㄠˇ鴨ㄧㄚ，
呱ㄍㄨ呱ㄍㄨ、 呱ㄍㄨ呱ㄍㄨ呱ㄍㄨ……

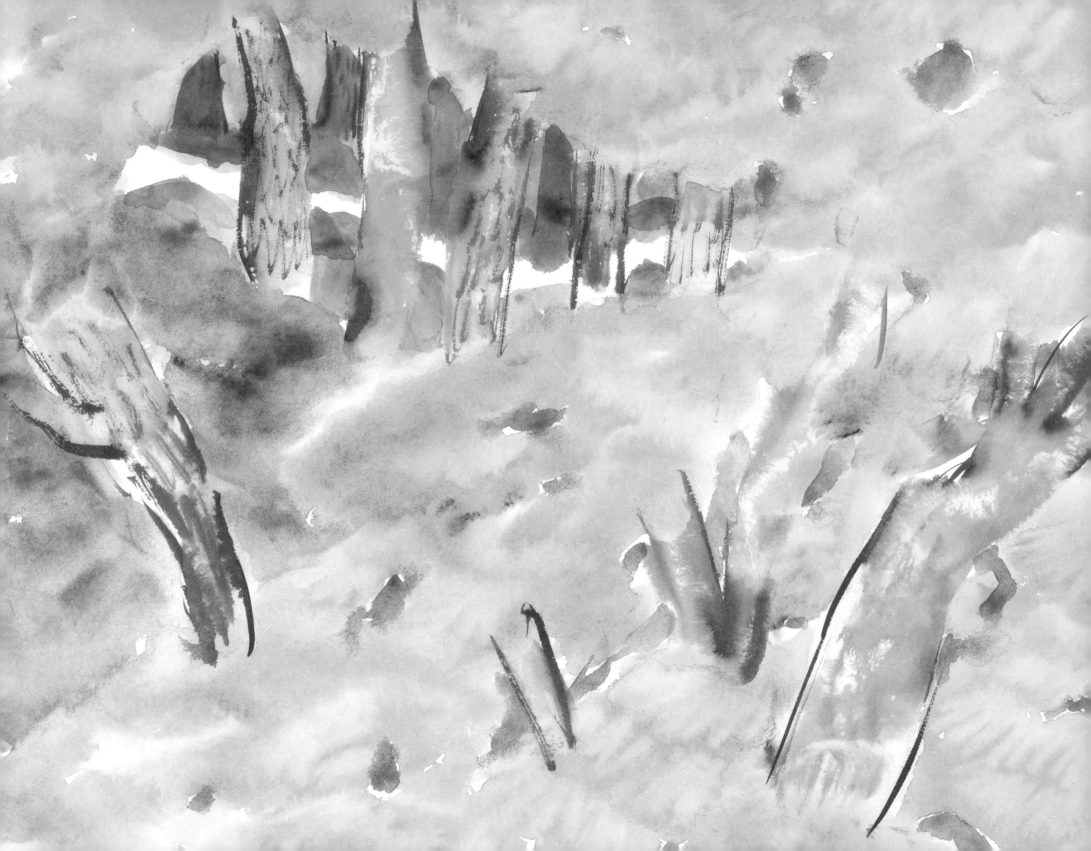

楓葉
綠得熱熱鬧鬧，
綠得閃閃耀耀。

你們看，
就快嘍！ 就快嘍！

春ㄔㄨㄣ天ㄊㄧㄢ來ㄌㄞ嘍ㄌㄡ！ 春ㄔㄨㄣ天ㄊㄧㄢ來ㄌㄞ嘍ㄌㄡ！
輕ㄑㄧㄥ柔ㄖㄡˊ的ㄉㄜ˙聲ㄕㄥ音ㄧㄣ從ㄘㄨㄥˊ天ㄊㄧㄢ飄ㄆㄧㄠ落ㄌㄨㄛˋ。

山腳下的櫻花
迎接了這群朋友。

她們靜柔的搖動樹枝，
把小瓢蟲、蜜蜂和蝴蝶
包進春天的懷裡。

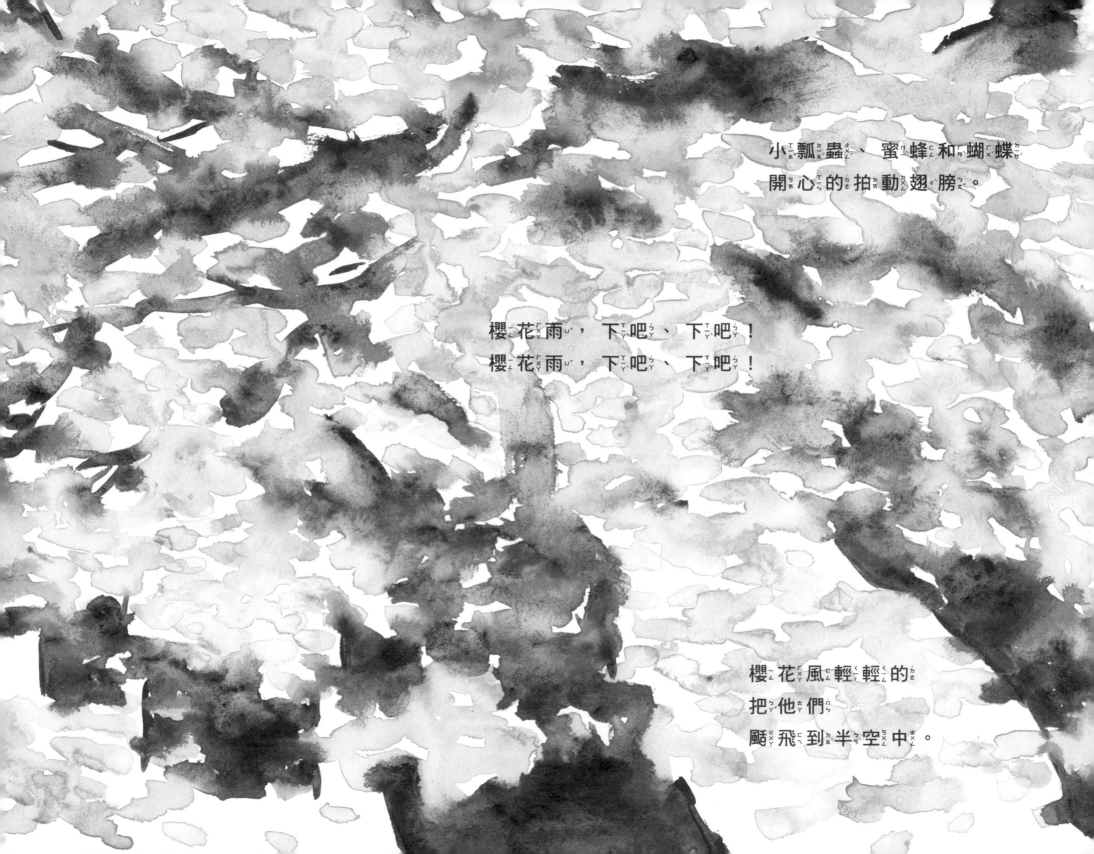

小瓢蟲、蜜蜂和蝴蝶
開心的拍動翅膀。

櫻花雨，下吧、下吧！
櫻花雨，下吧、下吧！

櫻花風輕輕的
把他們
颳飛到半空中。

春天的山柔柔緩緩的鋪展開來，
從這兒到那兒，到處都柔柔暖暖。

春天來了！ 春天來了呢！

作繪者介紹

菊地知己（きくちちき）

1975 年出生於北海道，繪本創作者。
出道之作《白貓黑貓》（拾光）於 2013 年榮獲布拉迪斯國
際插畫雙年展金蘋果獎。2019 年又以《入冬前的楓葉信》
（步步）獲該獎之金牌獎。2020 年《小白和小黑》（講談
社）獲產經兒童出版文化獎富士電視台獎。繪本代表作包
括：《來爬爸爸山》、《虎之子小虎》、《電車會不會來？》、
《太陽笑了》、《青蛙多彩又多姿》、《朋友的顏色》（小蜂
書店）、《小黑》（講談社）等。

譯者介紹

米雅

插畫家、日文童書譯者。代表作有：《比利 FUN 學巴士成
長套書》（三民）、《小鱷魚家族：多多和神奇泡泡糖》、《你
喜歡詩嗎？》（小熊）等。更多訊息都在「米雅散步道」
FB 專頁及部落格。

櫻花船

文・圖 / 菊地知己　譯 / 米雅

字畝文化創意有限公司

執行長兼總編輯 / 馮季眉　責任編輯 / 李培如　美術設計 / 蕭雅慧
出版 / 字畝文化創意有限公司　發行 / 遠足文化事業股份有限公司（讀書共和國出版集團）
地址 / 231 新北市新店區民權路 108-2 號 9 樓　電話 / 02-2218-1417　傳真 / 02-8667-1065
電子信箱 / service@bookrep.com.tw　網址 / www.bookrep.com.tw
法律顧問 / 華洋國際專利商標事務所・蘇文生律師　印製 / 博創印藝文化事業有限公司
初版 / 2024 年 3 月　定價 / 380 元　書號 / XBFY0007　ISBN / 978-626-7365-69-4

Sakura no Fune
First published in Japan in 2023 by Komine Shoten Co., Ltd., Tokyo
Traditional Chinese translation rights arranged with Komine Shoten Co., Ltd.
through Japan Foreign-Rights Centre/Bardon-Chinese Media Agency

國家圖書館出版品預行編目(CIP)資料

櫻花船 / 菊地知己文.圖；米雅譯. -- 初版. -- 新北市：
字畝文化出版：遠足文化事業股份有限公司發行, 2024.03
32 面；29.7 × 22.5　公分.
國語注音　譯自：さくらのふね
ISBN 978-626-7365-69-4(精裝)
861.599　　　　　　　　　　　　　　　113000903